《般若波罗蜜多心经》，佛教经典。全经只有一卷，二百六十字，为般若经类的精要之作。阐述五蕴、三科、四谛、十二因缘本性为空的佛教义理，而归于『无所得』（不可得），认为般若能度一切苦，得究竟涅槃，证得菩提果。该经曾有过七种汉译本，最为通行的为唐朝玄奘法师译本。由于经文短小，便于持诵，近代又被译为多种文字在世界各地流传。玄奘法师所译《心经》，文辞优美，琅琅上口，被抄写、传诵、刻印者甚多，更因此经蕴含着无上的智慧。短短二百六十字既表达了大乘佛教智慧的核心，又蕴含着精进修持的法门。历代帝王、将相、高僧大德、书法家、文学家，大多崇尚写经，而其中写得最多的，便是这部《心经》。

般若波羅蜜多心經

【般若波罗蜜多心经】

观自在菩萨，行深般若波罗蜜多时，照见五蕴皆空，度一切苦厄。舍利子，色不异空，空不异色，色即是空，空即是色，受想行识，亦复如是。舍利子，是诸法空相，不生不灭，不垢不净，不增不减。是故空中无色，无受想行识，无眼耳鼻舌身意，无色声香味触法，无眼界，乃至无意识界。无无明，亦无无明尽，乃至无老死，亦无老死尽。无苦集灭道，无智亦无得。以无所得故，菩提萨埵，依般若波罗蜜多故，心无挂碍，无挂碍故，无有恐怖，远离颠倒梦想，究竟涅槃。三世诸佛，依般若波罗蜜多故，得阿耨多罗三藐三菩提。故知般若波罗蜜多，是大神咒，是大明咒，是无上咒，是无等等咒，能除一切苦，真实不虚。故说般若波罗蜜多咒，即说咒曰：揭谛揭谛，波罗揭谛，波罗僧揭谛，菩提萨婆诃。

觀自在菩薩
行深般若波
羅蜜多時照
見五蘊皆空
度一切苦厄
舍利子色不
異空空不異
色色即是空
空即是色受
想行識亦復

如是舍利子
是诸法空相
不生不滅不
垢不净不增
不減是故空
中無色無受
想行识無眼
耳鼻舌身意
無色聲香味
觸法無眼界

乃至無意識
界無無明亦
無無明盡乃
至無老死亦
無老死盡無
苦集滅道無
智亦無得以
無所得故菩
提薩埵依般
若波羅蜜多

故心無罣礙
無罣礙故無
有恐怖遠離
顛倒夢想究
竟涅槃三世
诸佛依般若
波羅蜜多故
得阿耨多羅
三藐三菩提
故知般若波

羅蜜多是大
神咒是大明
咒是無上咒
是無等等咒
能除一切苦
真實不虛故
說般若波羅
蜜多咒即說
咒曰揭諦揭
諦波羅揭諦

羅蜜多是大
神咒是大明
咒是無上咒
是無等等咒
能除一切苦
真實不虛故
說般若波羅
蜜多咒即說
咒曰揭諦揭
諦波羅揭諦

波羅僧揭諦
菩提薩婆訶

歲次鷄首
秀州實際寺如〻
院沙門慧鐙時
居崗阜山陽

觀自在菩薩行深般
若波羅蜜多時照見
五蘊皆空度一切苦
厄舍利子色不異空
空不異色色即是空
空即是色受想行識
亦復如是舍利子是
諸法空相不生不滅
不垢不淨不增不減
是故空中無色無受

有恐怖遠離顛倒夢
想究竟涅槃三世諸
佛依般若波羅蜜多
故得阿耨多羅三藐
三菩提故知般若波
羅蜜多是大神咒是
大明咒是無上咒是
無等等咒能除一切
苦真實不虛故說般
若波羅蜜多咒即說

◎弘一法师

李叔同(1880—1942)，著名音乐家、美术教育家、书法家。从日本留学归国后，担任过教师、编辑之职，后剃度为僧，法名演音，号弘一，晚号晚晴老人，后被人尊称为弘一法师。他的书法早期脱胎魏碑，笔势开张，逸宕灵动。后期则自成一体，冲淡朴野，温婉清拔。特别是出家后的作品，更充满了超凡的宁静，朴拙中见风骨。

图书在版编目(CIP)数据

名家翰墨临写本·弘一/弘一书. —上海：上海人民美术出版社，2018.4

ISBN 978-7-5586-0602-1

Ⅰ.①名… Ⅱ.①弘… Ⅲ.①楷书—法帖—中国—民国 Ⅳ.①J292.3

中国版本图书馆CIP数据核字（2017）第273971号

名家翰墨临写本·弘一

书　　者　弘　一
策　　划　沈丹青
责任编辑　沈丹青
装帧设计　陶　雷
技术编辑　季　卫
出版发行　上海人民美术出版社
　　　　　（上海市长乐路672弄33号）
印　　刷　上海天地海设计印刷有限公司
制　　版　上海立艺彩印制版有限公司

开　　本　889×1194　1/16　印张2.5
版　　次　2018年4月第1版
印　　次　2018年4月第1次
印　　数　0001-3300
书　　号　ISBN 978-7-5586-0602-1
定　　价　21.00元

得以無所得故菩
提薩埵依般若波
羅蜜多故心無罣
礙無罣礙故無有
恐怖遠離顛倒夢
想究竟涅槃三世
諸佛依般若波羅
蜜多故得阿耨多
羅三藐三菩提故
知般若波羅蜜多
是大神咒是大明
咒是無上咒是無
等等咒能除一切
苦真實不虛故說
般若波羅蜜多咒
即說咒曰揭諦揭
諦波羅揭諦波羅
僧揭諦菩提薩婆
訶

歲次鶉首　秀州實際寺如々
院沙門慧鐙時居南阜山陽

般若波羅蜜多心經
觀自在菩薩行深
般若波羅蜜多時
照見五蘊皆空度
一切苦厄舍利子
色不異空空不異
色色即是空空即
是色受想行識亦
復如是舍利子是
諸法空相不生不
滅不垢不淨不增
不減是故空中無
色無受想行識無
眼耳鼻舌身意無
色聲香味觸法無
眼界乃至無意識
界無無明亦無無
明盡乃至無老死
亦無老死盡無苦
集滅道無智亦無